U0087123

相信煙火，但不相信煙火

羽弦詩集

一些給失去名字的人
一些給自己

出版序

後山新秀　嶄露鋒芒

國立臺東生活美學館　館長 李吉崇

回顧後山文學獎走過多年，本館自二〇一四年起接續辦理累積五年的後山文學獎舉辦成果，著實展現出屬於這片土地美好的文學精神。有鑑於歷屆後山文學獎舉辦成效，為使後山優秀文學創作者一圓出版自創作品專輯之夢，並本於文學向下紮根的傳承使命，於本年度（二〇一九）舉辦首屆「後山文學年度新人獎」徵文活動，獎勵後山優秀文學創作者出版作品專輯，使後山文學的育成風潮由當年的地方文學，拓展成為一個全國聚焦的文學品牌，同時能讓具有潛力的文學創作者，藉由出版平臺行銷於通路，透過文學作品與讀者進行更多的在地文化脈絡對談，此乃辦理本活動之最大目的！

特別感謝王家祥、吳懷晨、陳雨航、葉美瑤及何致和等五位評審委員，不辭辛勞地為參賽作品審慎評選，至獎項遴選完成，計有張純甄——小說《地球的背面》、戴鳳儀——小說《拉千禧之夢》及林宗翰——新詩《軍艦礁》（後改為《相信火焰，但不相信灰燼——羽弦詩集》），共計三件作品獲得本年度後山文學年度新人獎，實為殊榮可賀。《拉千禧之夢》用千禧年的跨越、故事背景與鋪陳、用記憶串聯的敘事的方式讓人著迷，是一篇令出版業者驚喜的作品。《地球的背面》短篇小說集，整體而言，作者文筆流暢，對文字的掌握、寫作風格與節奏美感，創作者具有無限發展潛力。

《軍艦礁》新詩專輯，作者十分熟悉花東風土，詩的語言成熟，文字成功轉化意象並展現詩的藝術性，具有強烈的出版企圖心。此三名獲獎新秀為後山文學獎開創新的扉頁，徵文活動自年度起跑以來，在文化部及交通部觀光局東部海岸國家風景區管理處，及花東縱谷國家風景區管理處之挹注經費下，開啟了後山文學年度新人獎的新元年，並感謝各界廣大迴響，令推動後山文學承先啟後之成效，呈現於本活動最終獲獎結果中。

獲獎新秀們藉由此獎項，使其在此平台展露光芒，為後山文學開啟了新的扉頁紀元，猶如花東的文化隨時代綿延邁進，總有百轉千姿的迷人風貌，以文學創造的光點，期許未來能有更多後山愛好寫作人才，持續為後山文學留下精采動人的章節，帶動更多後山愛好寫作人才積極參與角逐此項徵文活動，共同型塑後山最美、最迷人的文學特色。

推薦序

我來自東——致宗翰《相信火焰，但不相信灰燼》

臺東大學華語文學系副教授　董恕明

二〇一九年酷熱的暑假，宗翰獲得首屆「後山文學獎年度新人獎」的消息，傳到臺東大學華語文學系的辦公室，是溽暑裡送來的一陣清風，還是一朵遮陽的雲呢？大學路旁的稻浪時起時伏，彷彿回答，也似乎只是尋常的伸伸懶腰，一行白鷺，倒是猛地展翅，劃過天際……。

作為一個讀者閱讀詩人林宗翰的作品，很難不從作為一個老師回看學生時代的飛龍，這是「詩人」的某種宿命——如不誠實地面對自身，很難長出自己的詩？印象中宗翰的別稱飛龍，在同學和師長間更具有辨識度，儘管他並沒有龍的驕貴之氣，總是很質樸。偶爾頭髮會長一點或短一點，興許是造型或就是懶得打理，他在作品中提到的格子襯衫確是常見。至於在文學課的討論，他是話多些還是沉默多些？如今想來，記憶模糊，只記得他很熱心，在言語之外，他是行動更多一些！總之，詩人的前身是個很素樸的大學生，像他的詩行〈假文青的美麗誤會：2.格子襯衫是容易發皺的醃鹹菜〉：

格子上衣的顏色必須樸素，工整
否則下棋時容易走錯
「象飛田，馬追日，車卒直進炮翻牆。」
可我只會畫圈叉，
先連成一串者獲勝

大學畢業，飛龍繼續研讀本系的碩士班，跟著才學兼具的簡齊儒老師研究小說家吳明益老師的作品。他們師徒二人將吃喝玩樂的現場，轉成生活的田野地，文化的行旅。當論文中那些深入的細讀、推論、析辨以及詳盡的圖表，在我眼前展開，令我更加確信，行動多一點不會只是熱心，更需要一種熱情，那是青春的底氣，也是叩問世界紛陳萬象的勇氣。當多數人都不問世事甚至厭世之時，有人還非常古典的保有憤世、用世之情。在飛龍身上不太有那種「時尚感」，甚至包括所謂的「老靈魂」，或許樸實本身就能深刻的傳達某些生命的稟賦，如〈城市搬家工人獨白〉：

我曾搬過數百箱書
一冊冊從積灰的書架上取下
如岩窟中偶然發現的古經卷

依然等待那遲到的僧人
我認得那些——
嗷嗷待哺的書名、那些字
被驚醒而睜開祂們的複眼
但我只能一邊寫上編號，一邊
以寬膠帶封好箱子
將祂們搬運到另處堂皇的陵墓
我不是僧人，只是個搬家工人

下班後脫掉公司制服，如蛻去沾滿風塵的肉身
螞蟻沉沉睡去。我經常不知道自己是生是死，
仍日復一日、夜復一夜，搬著那些囤積在城市各處的夢

直到完成學業後的飛龍，有段時間仍在學校工作，後來他當兵、退伍到異地謀職，臺東已是他活過和安居的家鄉。華語系每年在入夏舉辦的「臺東詩歌節」，只要他有空便會來，有時是聽眾，有時是「雜役」，漸漸地他身在詩人群中，開始有了自己的色彩和天地，那些無法無視走過的，他留下詩行〈一人寫一首詩，寄到一個臨時搭起的部落〉：

一人唱一首歌
一人跳一段舞
用記憶裡滿佈皺紋的母語
曲不成曲、調也不必成調
歌聲沿著雲霧
穿過一座座山與海，穿過神話
那一艘獨木舟
有人接著唱下去、唱下去……

大馬路上，一個臨時搭起的部落
部落沒有地址、沒有名字
因為我們都是
搭起部落的人
不知道什麼時候
才可以回家？

在「沒有人是局外人」的凱道、臺大捷運站，原住民歌手、藝術家、文化工作者、族人……，抗議「原住民傳統領域劃設辦法」，他們流浪在凱道及其周邊，已過了二年餘，飛龍顯然沒有把自己當作局外人！

轉眼，在夏末隱去的那一行白鷺，會記得牠們曾經駐足、盤桓、漫步……的田園嗎？秋日裡的稻禾搖曳如詩，豐美和脆弱的、堅毅和曲折的、圓熟和稚嫩的……，是火焰也是灰燼，似清風也似煙雲，只要在這世間，還有詩人，真誠地活著，是地獄，也是天堂。

推薦序
相信火焰，因為灰燼如影隨行——函致羽弦，代序

詩人　洪書勤

親愛的羽弦，

對於一個曾在軍艦上乘風破浪，也慣在腦海中以詩環視自我人生的海軍男兒而言，作品首次結集出版，不知你是否仍然保有當年服役、屬艇甲操人員全副武裝時，因腎上腺素分泌而獨有的微微顫抖，以及當下具足一切注意力的專注與戒備？

天空中，會有遠遠迅速逼近的黑點嗎？是超音速反艦飛彈，抑是能讓情緒沸騰、更能讓一首作品爆炸似璀璨的完美靈感？

翻開詩稿，驚喜於你近年作品的豐富積累，不禁好奇是何種的人生歷程，造就了這樣慧黠、幽默、率真，而又兼備了可供讀者迴旋思索空間的詩作？也不禁反思自己，在類同的旅途中，會有什麼樣的創作？

臺東與海蛟將我們聯結起來，啤酒讓我們熟稔，而詩每每讓我們看見人生中可及與不可及的願

望，和所有因遺失所甘心信受、對自我肯認的漲退與盈虧。

「沒有人知道我曾經大哭
在大雨中站立良久
遲遲不肯打開
那把壞掉的傘」

——〈我們從熟悉到陌生的過程〉

我們都曾甘願身為那把壞掉的傘，寧可因愛殞滅，也不願全心投入的真摯與忠貞，再被打開逐一檢視；也因為在大雨中站了太久，彷彿，我們也成為了雨本身，等待自己直到再無等待。

而分辨不出雨和浪花的時刻，是在艇上全裝操演的時刻。透過防毒面具觀看並感覺世界，一切都顯得朦朧且急促。我時常在想，透過模擬，是否世界就會漸漸地毒了？還是其實只是因為，我們與生俱來便無法脫免自己有毒的天性？

「風雨之後，我變得小心翼翼
偽裝開朗
把毒藏在心裡。」

——〈Zephyranthes，偽裝〉

毋須偽裝，也毋須藏匿。與其說毒，毋寧是苦——正是這樣的苦，以及對苦的奮爭，讓你不僅僅巡弋著海疆，也巡弋著宇宙，更甚履及過去、現在和未來。輯三諸作，都讓人深深感受到你對抗不義、寧為雞蛋不為高牆的志意，與對生命的憐憫與慈悲，即便是對一棵名為金城武的樹，抑是湮沒在高度都市化的原民史蹟：

「即使山徑上的腳印都已經消失
洪水沖落粗壯神木
在每個轉角處回頭
看一眼、再看一眼

此去，
回望故鄉。土石仍空中飛舞
百合花在異鄉含苞待放
每一朵都等了好久，好久……」
——〈此去以後——作於捷運臺大醫院站1號出口，凱道部落舊址〉

此去以後，你成為長髮男孩，和看著自己「心臟肝臟肺臟腎臟，都是繽紛的霓虹」的中年大叔我，每每相約在熱炒店研討「有人舉手問道：吃的時候，可不可以配酒？」的大哉問。有時縱笑，將杯中悠游的金魚一飲而盡；有時則感傷，用淚水爭先讓啤酒醒來而變苦。說到愛情，殷殷尋覓著一位可以一起去吹海風的短髮女孩，盼望「執子之手／每回落下就是一個永遠的巢／無論勝負／皆與子偕老」，可又嘆息於「無論最後誰活下來，／都是孤獨的餘生」；提起生死，「醒著的時候／任由時間蓬頭垢面／此刻，卻無比重要／來不及整理的儀容／等火／來吧」，堅信長眠即是浴火重生的端啟，於是你說，願以「相信火焰，但不相信灰燼」為這本集子命名，而我願你永遠珍惜「一寸相思一寸灰」——自己勇於化為灰燼守候的不移與溫柔：

「因為我們都在尋找出口
用整個青春年華交換一顆牙
存放關於對方的記憶
每天，仔細地刷
刷成銀河裡最閃耀的恆星
直到宇宙——宇宙也一同老去
直到死亡
當爆炸的光點姍姍來遲
我大概已經化作灰燼」

——〈嘴破〉

書勤

推薦序

從東岸出發

詩人、國立臺北藝術大學教授　吳懷晨

「小米已經成熟了，來吧來唱一首lalai
朋友們快來參加Kalarulan的小米收獲祭
小米已經成熟了，來吧來唱一首lalai」

讀到《相信火焰，不相信灰燼》這本佳作，莫名地，最誘發我心神的是這首〈尼伯特後Kalarulan的小米收獲祭〉。年輕詩人羽弦修業習藝於南島的臺東大學，陸續斬獲眾多詩獎，這本集子誠然是他耕耘詩藝數年後豐美的收成了。詩集中有眾多現代詩裡最為正宗且精準的抒情修辭，如談情傷的〈冷氣團〉，

「冷氣團給了末日一個藉口
我默默演化成
一株子遺植物」

如談禪思的〈大隱隱於——寫在臺中大里菩薩寺〉，

「大隱隱於樹
葉、石頭上慵懶的青苔
總穿著深色綠衣
像在修行」

羽弦用字遣詞技巧成熟，聲調跌宕中，體現了楊牧所言：現代詩的靈魂在音樂性。從東部出發，羽弦詩意的轉介與停歇，關懷也就擴及了島嶼前沿的文化混雜，〈挖山〉反亞州水泥，〈Puyuma等了好久〉關心東部交通，〈關於那棵以金城武為名的樹〉檢討了池上的觀光潮；繼而也就延伸出凱道前〈一人寫一首詩，寄到一個臨時搭起的部落〉及〈此去以後——凱道部落舊址〉這兩首動人的詩作。無疑，已定居Kalarulan部落的他，理當比大多數年輕詩人更能掌握漢聲原語深刻的文化間隙。這本詩集是美好的起點，期待他的想像界域能辯證出更堅定的理念，如他自己所言，歌聲能沿著雲霧，

「穿過一座座山與海，穿過神話
那一艘獨木舟
有人接著唱下去、唱下去……」

推薦語

一本詩集也可以被看作一道認識問題：詩人如何把持自我意識，並適時適所將之介入真實世界的脈絡？於此，產製詩的方法論再次以雅努斯的形貌顯現，其一張面孔展示著拆解技藝，信奉分段構築的減法，牢記化整為零的律則；另一張面孔則以全景籌謀是務，投效殘碎拼整的加總，謹守零存整付的原理。

《相信火焰，但不相信灰燼》同時致力於轉述生活體驗下的細密閑美風物，以及性靈世界裡可供再現的寬幅景觀，它在二張面孔之間找到自我觀看現世的邏輯，閱讀它時，讀者得清晰地察見在以詩為名的容器裡，有採集者潛心勞動的殘影，頻頻晃動以為造音的手，為了聞見灰燼嘆息而生堆火的意念……。

——詩人　蔡琳森

在《相信火焰，但不相信灰燼》詩集中，讓我印象深刻的是一種「生活感」，時下許多詩人的句子，往往是套過濾鏡後的產物，有種修飾後的詩感。但在此詩集中，幾乎是赤裸裸地展示生活，日子裡的詩意是未被拋光的珍珠，粗糙但實在。

——詩人　林餘佐

我不懂詩，單純只是愛讀而已，旅行包裡總會有一本詩集，圖的只是那種反覆閱讀的快樂而已。《相信火焰，但不相信灰燼》如果我主觀認知沒錯，應該是詩人這十年來的生活種種的積累，我一直對時間的命題好奇，從詩人二十一歲至今，哪些生命裡可以入詩，哪些不能入詩的，都經過詩人的筆做了選擇，要說每次寫下的文字有力量，這些時間的刻痕，讓詩可以有餘味，讀者也有更多猜測的可能。

我熱愛詩裡的那些微物風景，比如浴室裡的那管〈牙膏〉，〈回禮〉中的那本筆記本，時間到底給詩人帶來了什麼？我想知道的不是寫詩當時的傷痕，而是經過這一切之後，若再讀這些詩，會不會有雙重火焰燃起呢？真實世界裡一切都是時間的灰燼，詩雖抽象，但內容所述不也是具象的種種事物化為文字？

「最初是一個新手，最後是一個剛睡醒的嬰孩」，謝謝宗翰用詩提醒我。

——新手書店創辦人　鄭宇庭

目次

輯二×遺失的情書

輯三×宇宙巡弋

輯四✕短髮女孩與長髮男孩

輯五✕一起去吹海風

輯一 × 生日願望

簡單的一天

早上起床，把被子折疊整齊
撫平床墊上每一道皺紋
不讓昨夜逗留的夢留下痕跡
早餐吐司別烤太焦
蛋半熟、牛奶微溫
陽光索然調味
再擦一次家具
即使沒有灰塵
沒有季風吹動素色窗簾
沒有人來訪

收養一隻或兩隻流浪狗
每天帶牠們出門散步

說話，像對自己的孩子
回家的路上
沿途撿起空瓶子
確認裡面沒有住著精靈
巷口的路燈壞了好久
里長說還要等等
你想自己動手修

買一筆二十年的儲蓄險，分期繳清
保險專員說不會再有這麼好的利率了
其實你也不太懂得
數字之間的關係
也許就是每個月消失一筆錢
不知道多久以後會重新出現
像是未被記錄的彗星週期
——偷偷掠過天際時

在陽臺種植一小盆多肉植物
努力讓它們活著
活得像你一樣
想念時就澆一點點水
躲在根系安靜地禱告
度過彼此歧義象限的乾季

夜色持續冷冽
一隻駱駝
邊咀嚼邊輕聲地探問：
永恆在哪裡？
我在駝峰裡沉沉睡去

輯一　生日願望

無座乘客的想望

「列車進、出站時易晃動，
請勿站、坐車門，以免發生危險。」

搭上離開的列車
進站、出站都顯得異常匆忙
廣播聲像在宣示主權
密密麻麻的告示標語，晃動
底下車門的那方小窗
風景不斷錯過，沒來得及看清
就揮揮手流兩滴心頭熱淚

站著或坐著，和陽光握手的角度
從車門的那方小窗

我倚靠著的風景不斷遠去
直到再也無法想起，密密麻麻的妳
走下某個不知名的小車站
混入一群穿制服的學生中
如午後堆積的雲層

列車的旅程充滿嘈雜
沿著鐵皮屋頂和比人高的蘆葦叢
非常危險、我是指車門邊
我們相遇、認識、錯過、道別的
長長背影

相信火焰，但不相信灰燼

假文青的美麗誤會

1.白馬王子終會到來

我蹬著腿模仿躂躂的馬蹄聲
我忘了我只有兩隻腳，
而跨下的木馬從未奔跑
影子只是影子，
既不是歸人、也不是過客

2.格子襯衫是容易發皺的醃鹹菜

格子上衣的顏色必須樸素，工整
否則下棋時容易走錯

「象飛田，馬追日，車卒直進炮翻牆。」
可我只會畫圈叉，
先連成一串者獲勝

3.搖滾樂手都習慣用頭髮伴奏

瀏海斜向左邊時，思緒在右腦打結
鼻樑上躺著慵懶的圓框眼鏡
組個樂團唱搖滾樂，
團員都披頭散髮
說這樣比較容易整理

4.Hello! 攝影俱樂部

買了昂貴的單眼相機，以為
隨意按按快門就能留下蒙娜麗莎的笑顏，
鏡頭、解析度、光圈、焦距
和最新的人工智慧
都是自動的，於是我又花一筆錢去學Photoshop

5.一個人自助旅行

經常夢想踏上歐洲童話場景
捲起舌頭，練習法語或西語的發音
跟著觀光人潮等候、排隊
最後仍結巴地用英語道謝：I thanks you.

6.如果種植咖啡的農民們也能來一杯

對於便利商店販售的咖啡嗤之以鼻
並且抱怨，整個城市叢林竟烘焙不出一把像樣的豆子？
杯子內沸騰的深黑色的液體
只是小說中無趣的魔藥學實驗

7.百年孤寂

氣氛很重要，窩在星巴克或誠品書店角落
使用MacBook登入Facebook
兩本書、你我之間，有著世界上最遙遠的距離
遠過五百年前
那心碎一地的回眸

8.「抱歉，我的名片還沒有印好。」

假文青。你底心沒有一座小小的城
分不清彈吉他的女歌手
是陳綺貞還是陳綺真
（也許你多看了一次上一句）
睡倒在戀戀風塵之中，
枕頭旁邊還種著
一棵名為村上春樹的多年生木本植物

只是來晃晃

只是來晃晃
東北季風
就把地板鋪上一層沙，作畫

只是來晃晃
餓肚子的流浪漢
在門口，捧著鐵碗
（貓語：喵喵喵～喵）

只是來晃晃
路過，被街燈拉長的身影
所有外地人，都像外國人

只是來晃晃
隨手翻開一本假寐的書
卻被文字綁架！

只是來晃晃
就留宿一晚、
兩晚、一週、一個月……
只是來晃晃，晃晃
一不小心
就成了家

最初是一個新手——致臺中新手書店

最初是一紙企劃書
上頭一兩個字
蓋起，轉角的畸零工地
接著是雜草與碎石
接著搭起黑潮色的鐵皮
沙灘晶瑩
有浪打來

最初是一百本書
分不清誰比較新、誰比較舊
接著是雜誌、冰棒和工讀生
接著是咖啡豆
和偶爾路過的詩人

所有櫃子和桌子
都沒有固定位置
羅蘭巴特從牆角走過
牧羊少年追逐著光
所有地址
在彩虹色書籤裡迷失
所有愛
都不該有任何折扣

最初是一個新手
最後是一個剛睡醒的嬰孩

在夏夜活躍的生物（五則）

1.蚊子

手臂上一枚發腫的紅寶石
昨夜，是哪個一身黑衣的小偷
遺留的紀念品

2.蛙

池塘裡沉默的蝌蚪
已學會開口說話
學會唱，沒有譜曲的情歌

3.
蜘蛛

花整天編織好漂亮的網
晚餐時間過了
還沒有捕捉到一個美味的夢

4.
蛾

簷下發亮的廣告招牌
吸引來不少客人
圍繞成圓圈跳舞

5.
我

翻來覆去睡不著
躺著，開始融化
直到與夜色無異
翻身
就能捧起銀河裡滿滿
手掌的恆星

百香果

庭院的籬笆旁種著一株百香果
翠綠的身段，宛如戲子
蹲在地上
緩緩起身
舞動著、伸展著雙臂和身體
把鐵絲網包覆。迎著風
笑容可掬

花綻放時，每朵花蕊都是
戲子的手掌攤平
一鬚一鬚逗弄蜜蜂和蝴蝶
合演一齣鬧劇

任由節氣匆忙地趕場
我輕輕摘下
初熟的果實
深色外皮透出淡淡香氣，宛如
戲子憂傷的心
一生到頭
酸甜參半

金魚茶包

乾癟的
一隻金魚游進了我的茶杯
我把頭探進杯裡
水正沸騰

金魚舒展著
疲軟的胸鰭和尾鰭
優游其中，水染成金黃色
牠以為夜深了

金魚眨了眨
不存在的眼瞼
沿著杯子

一圈又一圈繞轉
彷彿星球上緩慢的四季
神祇正以其身軀、肚腹
見證滄海
桑田

金魚躍出茶杯
留下一池
微苦、微澀，微微回甘
微小而漸亮的——晨曦

綠蹤

「牠可是從中南美洲莫名其妙被送到臺灣來的耶。」

——吳明益《單車失竊記》

恐龍慵懶地在河床散步
熱帶雨林與芒草叢
巨大的、破碎的膚色
牠把草原繫在身上
莫名其妙
睡醒，就踏上這個溽熱的小島
站著不動時
牠以為自己是日晷

而主人（或是父母？
唉。）忘記了時間
準備新鮮的苜蓿芽、青江菜和嫩莖萵苣
於是，牠挖著野草和不知名的農作
夕陽斜照牠隆起的背脊
排列整齊的岔路，等待收割
一雙銳利的眼睛
鄉愁被曬得炙熱，牠卻始終沉默

新聞報導美洲鬣蜥（學名：Iguana iguana，又名綠鬣蜥）大批出現在臺灣南部嘉義、臺南、高雄、屏東等地的河川流域，兇猛模樣嚇到不少民眾。綠鬣蜥幼體約二十公分，成體長達將近兩公尺，幼年時以昆蟲或小動物為食，長大後為全素食者；原生長於中南美洲雨林地區，被寵物業者引進臺灣，熱潮過後遭到棄養、任意野放，二〇一五年度高屏地區就捕捉到將近六百隻，在野外已建立繁殖族群，形成外來種危害。

蟑螂

暗夜時分，身披黝黑斗篷的
騎士翩然降落
以頭上長長的觸鬚宣告：
正義是
百千萬死劫後，
仍應許而活

陪我失眠

睡著之後，把時鐘摔爛
拆下長短兩把利劍
與寂寞展開一場決鬥

城市搬家工人獨白

我在忙碌的城市裡渺小自己
扮演一隻稱職的螞蟻
我經常幻想，某天睡醒突然就變身成巨人

我曾搬過各式傢俱
傢俱總是不發一語
任我以陌生的掌紋
扶著他們因年邁微駝的背脊
我看見自己的——
側臉已然老去，老去。
有時我在，沒有貨梯的大樓
樓層往返、一階階細數經過了幾支滅火器

我流的汗，能裝滿幾支鋼瓶？
而肩上沉重的海，緩慢成雲

有時我抬起頭，比較此處和彼處的月暈
有時也安慰自己：「嘿！
我是可以使用智慧型手機的薛西弗斯！」

我曾搬過數百箱書
一冊冊從積灰的書架上取下
如岩窟中偶然發現的古經卷
依然等待那遲到的僧人
我認得那些——
嗷嗷待哺的書名、那些字
被驚醒而睜開祂們的複眼
但我只能一邊寫上編號，一邊
以寬膠帶封好箱子

將祂們搬運到另處堂皇的陵墓
我不是僧人，只是個搬家工人

下班後脫掉公司制服，如蛻去沾滿風塵的肉身
螞蟻沉沉睡去。我經常不知道自己是生是死，
仍日復一日、夜復一夜，搬著那些囤積在城市各處的夢

輯二 × 遺失的情書

寒流籠罩那失眠的夜晚

睡不著的時候
把雙眼輕輕閉上
撐住房間黑暗的重量
一隻哺乳類生物
側身。以穩定呼吸
爬入凝結的夢境

可我依然睡不著
在枕頭周圍徘徊
萎縮、
縮小成一隻蝸牛
螺旋狀的殼裡裝著
螺旋狀的意識

緩慢沉澱
疲憊如失重的雨季

冰冷的四肢末梢與棉被拔河
始終僵持不下，直到
瞳孔中的黑暗坍方
堵住夢的去路

阿勃勒的樹枝醒了
隔著窗
搖晃熟練的魚肚白信息
邀我
共進
早餐

隔著電腦螢幕親吻——遠距離戀愛

倚靠過去，我們一絲不掛
雙雙晾在陽台
成為盆栽裡依偎的植物

妳離開的那個上午遺留
一些話在稀薄的空氣中，讓金魚草反覆咀嚼
甜味交錯苦味

鏡頭中我們相互凝視
發光的視窗裡，於是出現翠綠、
少許枯萎的葉
是妳日益發皺的唇（影子在身邊
索吻
日漸傾斜，這樣算是擁抱嗎？）

我們雙眼緊閉、臉貼著電腦螢幕
舔

躲藏了一整個季節的月光

牙膏

即將用罄的牙膏
皺著身體躺在水槽邊
外表光鮮亮麗，
燦笑的黑臉都皺成
一團

我們曾相視而笑
在水槽邊裸著身體刷牙
彼此誠實
吐出純白濃密的泡沫

妳離開後，我獨自蹲在浴室
用力擠、努力擠、

想盡辦法
想擠完剩餘的一丁點想念

水果糖

小時候
每天只想含著一顆剔透的糖
繽紛的顏色漸次融化，彷彿冰河
在牙齒上標記年齡

長大後，某日
發現後排的牙隱隱作痛
照了照鏡子
竟看到一張忘記吐出的包裝紙

孤城

大熱天氣到路邊攤小吃店吃午餐
餐桌上，冷漠蔓延
漫無邊際的白色拼花桌巾
我端起湯匙
翻攪碗裡散亂的字
撈不到一枚發語詞

棋

有時，我情願成為棋子
只因妳是那方
棋盤平坦而充滿著故事
或黑
或白
擁擠坐落
在妳身體尚未隆起
的稜線上
一著挨著一著
我們看盡
無數晨曦或者暮光

有時，妳是棋士
而我仍
甘願是一粒棋子
隨妳呼喚來去
試圖佔盡經緯上
所有以妳
或不以妳為名的
領土
星座，甚至銀河

執子之手
每回落下就是一個永遠的巢
無論勝負
皆與子偕老

等

那個冬季一點也不冷冽
習慣枯坐在公園的長椅，每天看著
十數隻鴿子
與時間一起擱淺

看似簡單的愛情數學題

0.5+0.5= 0
0.5+ 1 = 1
0.5+ 1 = 0
0.5+0.5= 0

1 + 1 = 2
1 + 1 > 2
1 + 1 = 1
1 + 1 = 0

0 + 1 =0.5
0 +0.5=0.5
0 + 0 = 1

風雨之後，我悄悄探出頭來
不告訴你
偷偷想昨夜的睡姿
哪一種比較撩人？比較
有氣質。（你
喜歡嗎，我這身裝扮？）
粉紅或者白色的——性感睡衣
風雨之後，我變得小心翼翼
偽裝開朗
把毒藏在心裡

Zephyranthes，偽裝

愛情長跑

從腳底削下
鬱鬱成繭的腳皮
彷彿曾經走過多遠的路，都回到了原點

一不小心刀子劃得太深
劃出傷口
於是走路時
一步一跛、一跛一走

流星

在晴空蔚藍的海平面
浪花都瞇起眼
任泡沫漂浮
想像是銀河裡居無定所的浪人
在晴空下踩著浪板衝過
不著一點痕跡

在燈火通明的城市
墜落手機上
訊息提醒燈，規律閃爍
想像是迫降的月下老人
在萬家燈火交錯的網路世界
劃過一抹淡淡紅線

在沒有月光的山上
雲霧是破碎的布匹
能幸運窺見嗎？
常年守候的神祇
一兩粒、成百上千竄過天際
迷途的神的孩子
不小心被發現了
羞笑成一道弧影
瞬間消失
又似不曾消失

水泥未乾

流浪狗走過，
留下淺淺的足印
不知情的人走過，
留下鞋底的花紋

時間走過，什麼也沒有留下
水泥卻從此不再寫生

回禮

偷偷地
偷走妳心愛的筆記本
一頁一頁
撕下
空白頁
仔細地折成一罐紙星星
回送給妳

冒險

點一杯精煉的情話
才啜一口就灼傷了喉嚨
在最怕痛那塊皮膚
刺最複雜的圖
例如妳使用已久的綽號

在畫著紅線的路邊停車
在禁煙區裡抽煙
我要，
捕捉海洋裡所有魚，用最細的漁網
砍掉世界上所有森林，種檳榔

冷氣團

妳說的話
每個字都比氣壓更沉
籠罩在四周、在手上
發光的冰原

冷氣團給了末日一個藉口
我默默演化成
一株孑遺植物

妳不是愛麗絲

天空重播黃昏
走過落葉
逐漸睡去的季節
我在妳眼中跳躍
妳在我的掌心
畫了一張地圖

我們一起鑽進樹洞
按照指示
此時應該出現幽暗的森林
樹枝上，趴著若隱若現的貓
（我們曾豢養牠
曖昧的笑）

終於進入迷宮
妳夢寐以求的舞臺
我劃破手指
為玫瑰染上妳喜愛的顏色
並在每個轉角
以撲克牌排列出口的方向

但
妳沒有
走出我們編織的童話
公園一角
長椅發呆成墳塚
燦爛的路燈下
我仍踩著自己的影子
尋找皇后

我們從熟悉到陌生的過程

再也沒有人守在電話旁邊
等待打破沉默的鈴響
曾一起辦了手機門號
網內互打
免費。卻找不到一座
願意傳話的信號塔

再也沒有人親筆寫信
寄生日禮物或賀年卡
我們敲擊鍵盤
贈送彼此形狀迴異的愛心圖樣
電流微弱、微弱、微弱
最終仍流進黝黑的河口

再也沒有人會背
另一個人的手機號碼
他們說：
號碼都存在雲端
像——龍一般虛幻
當你需要時，就會降下甘霖

沒有人知道我曾經大哭
在大雨中站立良久
遲遲不肯打開
那把壞掉的傘

嘴破

因為咬住了幾句話
像吃東西的時候
張開嘴，挾進一塊肉
混著飯咀嚼成泥狀
舌頭翻攪過每個音節
不讓任何一片碎片，
逃走

夢裡，我是失語的戀人
從胃出發
艱辛地攀上食道
當途經咽喉圓拱狀的穹頂
我在此地禱告，許以此破敗的肉身

墜入輪迴
——唇上小小的白色洞穴
痛在裡面繁衍

因為從未有人抵達
夜的深處
那是世界最遠邊陲的瀑布
我是否也能夠逆流
而上嗎？
如傷痕累累的鮭魚
睡意明亮

沿著神經纖維緩步而行
我揹著襁褓中熟睡的痛走過
——火山島嶼
每一陣尖銳的海風
迎面撲來

把影子吹成礁石
佇立此地
此麻木之地

因為我們都在尋找出口
用整個青春年華交換一顆牙
存放關於對方的記憶
每天，仔細地刷
刷成銀河裡最閃耀的恆星
直到宇宙——宇宙也一同老去
直到死亡

當爆炸的光點姍姍來遲
我大概已經化作灰燼

答應彼此
成為無害的蟲
練習爾後齧咬他人夢境時
不留下太明顯的齒痕
哭泣時候，淚裡
不含進太多鹽分

妳在我的唇上輕輕一啄
我的生命，
從此多了一道美麗的傷口

貓

貓的靈魂來自遠方
遠方，光無法到達
那裡日與月同樣溫柔
像我親手種下，一株長不大的水韭
被風吹過、被人愛過

妳瞇起眼
閃閃亮著琥珀色
寫成一封透光的情書
神諭風塵僕僕、僕僕
來自光年以外，最繁榮的谿谷

妳抬起頭問我
天際剎那畫過
一條拋物線（曲率似妳深鎖的
眉頭）是流星嗎？
我說不，那是一隻貓
在陌生的城市迷了路

他們無聲進入
彼此的生命
離開時
依然安安靜靜

相信火焰，但不相信灰燼

輯三 × 宇宙巡弋

大隱隱於——寫在臺中大里菩薩寺

大隱隱於樹
葉、石頭上慵懶的青苔
總穿著深色綠衣
像在修行
（那是菩薩嗎？哪裡有菩薩？
行深波羅蜜多時，照見五蘊皆空）
空白的灰牆
鳥鳴聲如水珠，不斷滑落
歲月如水珠，不斷滑落
吸入的、呼出的空氣，如水珠不斷滑落
匯聚成　池
渡化，而我們走進門

大隱隱於室
四壁都是裸露的弟子，跪依
皈依花，午後的陽光盤坐成一尊
佛
（色不異空、空不異色、色即是
空、空即是色）
不如閉目
像蟬聲躡步走入正殿。
你以為的煩惱
其實只是容易碎裂的煙
我們扶著花莖端坐
無聲無息
飄到窗外

大隱隱於石
站著、蹲著、趴著
睡著了嗎？

記得，昨夜還承受著大雨雕刻
把銳利的身軀，磨圓、磨亮
一切生滅、垢淨、增減
竟都磨去了顏色！
（那時候是誰夢見，菩薩的慈悲容顏嗎？
哪裡有菩薩的容顏？）
那是池中綻放的蓮
那是枝上新鮮的芽、皺眉的枯葉
我們卻急於撿拾
經書上錯亂的　句子

大隱隱於寺
從西方遠道而來
疲憊的白馬
步履蹣跚走了兩千多年
游過黑水溝，彷彿
祖先們流浪搭乘來的小舢舨

燭火在夕陽沉沒之後
搖曳
不語
一片黑暗中，又想起了那片星空
（魂牽夢縈的星空啊……
再無顛倒的夢、再無恐怖、再無罣礙）
我們在城市裡判決自己，假釋出獄
你舉杯，以茶代酒
笑得
比壺裡的茶葉舒展

走出木門，又下起大雨
比昨夜更大的雨
閃電和雷聲不甘示弱
把我像石頭般雕刻
一粒一粒巨大水珠
微痛打在身上

以為苦行
就能到達銀河的彼岸？那方
我仍找不到菩薩在哪裡
不必找了
一粒一粒水珠，都是你的前世和今生
你只是那個想不起名字的　僧人

清晨四點的戰備進出港操演

清晨四點
一支飛彈快艇小隊緩緩
在夜色掩護下低吼著

備便出港
水手們蹲在舷邊
彼此以眼神代替口笛聲
銳利地躲在霧裡
雙手緊握纜繩
等待聲力電話傳來細微震動，收回
那最後一條
靠港的溫被

順著浪的方向前進，海面尚未睡醒
快艇小隊匍匐通過
它便翻個身
繼續投入
綿長雨季的夢境
假想戰場在海圖上被畫成一小塊方格
敵我雙方皆未發現這是一場演習。終於
盡頭出現魚肚白處是戰場的延伸
而我們要去那裡

鐵未銷——記海軍925德陽軍艦

此處與彼處多麼雷同，海風常來
以鹹的刀刃輕輕地刮
工人與水手臉頰於是出現鑿痕
瞬間熔鐵濺起、火光
一雙向上祝禱的手掌
扶著他滾燙的肉身
年少的軍艦薩斯菲爾德緩緩
駛出波士頓海軍造船廠
遠方汪洋
也正熊熊燃燒

全速航行時浪拍擊船底
幽魂哼著歌，緊緊纏繞俥葉

這次風不再說話
通過螺旋狀膛線
艦砲嘶吼，朝向陌生陸岸打出
一發又一發
自由為名的硝煙
鐵桶狀深水炸彈
依序滾下最深黯的洶湧之海
只為爆炸成為——
浩瀚宇宙中一枚星星標記

亮起舷燈、孤獨的燈
在每個水手肩上鄉愁他們
對照光年外星座繪製自己的海圖
無懼鹽粒在甲板上恣意塗鴉
桅杆記得曾經繞轉的
無數異鄉水域
軍艦薩斯菲爾德怎知道，
臺灣海峽竟是他最終的母港

海峽的洋流為他漆上新的舷號
新的名字、新的武器，以及
新的國家……
無線電嘈雜地響起對話
巡弋於水鬼橫行之海域
始終沒有再向敵人
開火

折戟沉沙在安平內海
晚風徐徐吹來遠方嘹亮的口笛聲
（答——滴——
答——滴——答——）
每聲氣音都幻化成人形
舷邊於是整齊站滿身著白甲式軍服的士官兵
夕陽煌煌下潛
一道道白色的身影射向天際
白色的光、白灰雲層

星空無垠
鐵未銷

海軍德陽軍艦原名Sarsfield（DD-837），為美國海軍Gearing級驅逐艦，一九四五年七月底成軍開始服役，曾參與韓戰與越戰，一九七七年十月移交我國，改名德陽軍艦（DD-925），取其「德披天下，陽照寰宇」之意，為「陽字號」驅逐艦的一員，執行臺海港偵、運補及護漁等演訓任務；一九八九年十二月於海軍第一造船廠大修時換裝「武進三型」作戰系統。二〇〇五年四月除役，拆除尚可使用的裝備後，現靠泊於臺南安平港邊，作軍艦博物館開放參觀。

新邊塞詩

秦時明月漢時關，萬里長征人未還。
但使龍城飛將在，不教胡馬渡陰山。

——王昌齡《出塞》

連綿的城牆只剩幾座門
供觀光客瞻仰，彼時
烽火的痕跡早已被清掃乾淨
明月圓
缺成一頁頁筆記塗鴉
以刀槍、以箭弩、
以戰車、重迫擊炮
在爺爺的腦中素描。轟隆一聲爆炸
撤退⋯⋯撤退萬里之外黑水溝多廣闊、

多兇險啊
細數民國（百年，或許不知從何算起？
戰爭結束了嗎？）

最厲害那個將軍仍沒出現
胡鑾仍然虎視眈眈
以1500枚長程飛彈瞄準
臺北市中正區重慶南路一段122號
連綿的城牆只剩
廣闊凶險的黑水溝（但是
紅通通的人民幣取代了兵器
甚至大聲說
斷手跛足的字，才是主流！）
戰爭結束了嗎
驅逐艦捲起一道道浪花
浪花盛開的地方，都是邊塞

二〇一七臺灣光復

光復了嗎？
臺灣，
是不是像我一樣
加班到剛才，趕不上
陌生人群在大樓底下慶祝光復
他們高歌
以走音的國語、臺語、英語及日語
一首歌接著一首歌，笑容可掬

我走到光復後的小吃店
叫碗魯肉飯、湯和一些配菜
加顆滷蛋吧
圓滾滾剛從赤字的預算書上摘下

我們的負債，或許會變少一點
少過人口老化的速度
少過年號轉換造成的時差

但國父的臉頰依然紅潤
如今孫文的名字前
不必再空一格表示尊敬
這年頭已不流行
個人英雄主義
甚至晚餐，也需要
好幾個西裝筆挺的國父
來光復這頓飯

以為紀念一個人最好的方式
是把他的名字刻在建築物上
而非心上
人死了，建築物依然屹立不搖

佚失的領土
請幫我討回來

你知道的，臺灣
四面環海
無論敵人從哪邊進攻
我們都是背水一戰
有多少人，
還願意流血流汗？

設計師說
我很用心編織
編織了數十年
僅僅修復島國一小角
牆上的輿圖已然風化
總統說
來吧，我們來喊口號！

二〇一七，我們一起
二〇一七，我們一起
臺灣
光復

相信火焰，但不相信灰燼

腥生活運動

有禮貌的日子
已過得太久
久病厭世。從今天起
讓我們練習以粗話問候
摯愛的恐龍家長、
欠錢不還的換帖兄弟、
和總是要你加班
又不付加班費的公司

讓我們練習
把垃圾丟在人最多的地方
隨地吐口水或
壓抑在喉頭的濃痰

在都更成功的城市裡
用力撞倒、拔起
路燈和電線桿
並且種下
沒有經濟價值又不美觀的樹
任由蓬鬆雜草
重新佔據大地

待馬路消失後
讓我們盡情地逆向
行駛，並將喇叭按到壞掉
噪音吵醒失業工人
他們的孩子們
也不再追逐蝴蝶、不再捏住
牠們脆弱的翅膀
鱗粉在指尖若隱若現
那原來是PM 2.5粉塵

神穿著體面的西裝
微笑讚嘆
數不清是第幾次工業革命：
「噢！尾大的資本主義，
我們泰勒化的榮耀，蠕出一徹。」
神的腳步如此輕盈
踩過髒鈔票

讓我們練習
如何表現最任性的自己
在大庭廣眾，與愛人喇舌
在混亂的捷運車廂裡
互相推擠
在廢棄的公園廁所
裝針孔攝影機
狄更斯說：「這是最好的時代，
也是最壞的時代。」

才怪，我們都知道
這是一個腥的時代
不必誰來宣布
腥生活運動
早已展開

我要寫個慘字，在護家萌臉上

我要在自己臉上寫個慘字
身為有罪的異性戀者
我天天想把自己灌醉
去相信：噢！上帝啊
祂說祂永遠愛人
哪裡管你們愛到卡慘死？
愛你或妳嗎
愛你爸或妳媽
誰說，背負的罪沒有分別呢
不如讓我寫個慘字
慘過小嬰兒紅潤的臉頰
如一粒蘋果
熟透被摘下

我要在同性戀們臉上寫個慘字
幾千年來他悶的病從未被治
療癒，如跛腳的教徒從輪椅上
唰一聲站起
也對，牧師和醫師也只相差一個字
如此合理、自由平等
為什麼要改變呢？
愛不能說，說了就變成礙
礙到了別人不僅卡慘死
是注定要死。唉……
我只能把這個悲傷的字
偷偷寫在他們的墓碑
高過雜草叢的墓碑上
找不到任何名字

我要在護家萌臉上寫個慘字
他們害怕合法的人獸交、性解放
和剛過不久的世界末日

他們害怕審判，於是先審判自己的女兒或兒子
：你們來自正常的家庭、正常的性向
妳爸或你媽，就該是一夫一妻制
我們沒有歧視，只是不想共用同一套
法律標準。如瀕臨絕種的野生動物
牠們不就被保護得很好嗎？
我想在萌友臉上寫個慘字
不，那樣太溫柔了
我要在他們臉頰點上彩虹旗子
每當他們與鏡中的自己對視
就感覺燒灼疼刺：噢！上帝啊
我有罪，請祢寬恕我
我就算下地獄
也決不讓他們結婚

肋骨的故事——致楊凱鈞及同志運動者們

「耶和華神使他沉睡，他就睡了；於是取下他的一條肋骨，又把肉合起來。耶和華神就用那人身上所取的肋骨造成一個女人，領他到那人跟前。」

——《聖經・創世紀》（第二章 2:21-22）

我們都是
被造的人

我從未細數過自己有幾根肋骨
保護著跳動的心臟
在許多輾轉難眠的夜
會否有神
偷偷取下其中一根

造成另外一個
流著相同血緣的陌生人

我出生的時候
萬物都已經有了名字
我好像也有
他們看著我的外觀
決定叫我先生或者小姐
並規定只能進入
某種顏色的廁所
告解

我從未數過自己有幾對染色體
疑惑它們整齊
排列如古騰堡印出的經文
「雙股螺旋狀去氧核醣核酸」

彷彿交叉的肋骨
天生就該成雙成對

他們說要相信
天堂。我們將前往一個沒有
苦痛與死亡的地方
那裡神與人
永遠同在
永遠有光
（但是
不歡迎同性戀）

於是我抱著善良走進地獄
一片純白的火焰之海
有人朝我大罵、朝我吐口水
以腳踢、以肘擊
我們一模一樣的跳動的心臟

他們無法取走我的肋骨
只好將它弄斷

我們都是被造的人
不知道亞當他的肋骨
被取下時
睡夢中會否也感覺到
一絲絲
疼痛呢？

昨晚，我遇見了死去的拿破崙

昨晚，我遇見了死去的拿破崙
在綠島

你說的是那個
不可一世的帝王嗎？

不是的，他並未遭受政治流放
那本是他的故鄉。故鄉
水面下十數公尺
帝王的姿態極慢，以藍色雙鰭輕輕
划開黑潮如偷偷穿越阿爾卑斯山的精銳軍隊

他不發一語，緩緩地游向隘口
扶正了帽子、吐出幾顆小氣泡
感到
——孤獨

遠離火燒的年代
小島
迎來擁擠的觀光客和日漸升高的水溫
「真是熱情的地方啊！」他們說
其實，監獄與民宿並無分別
包吃、包住，放風時就繞小島逛一圈兩圈
也不必猜想餐桌上的
魚，叫什麼名字
是否曾經參加大革命
或發動一場歡欣鼓舞的政變

遊艇頻繁往返水域，有些硨磲貝已不告而別
有些珊瑚轉身，向潛水盜獵者比出慘白的中指
昨夜以後，
空蕩蕩的王國裡
還有誰見過不可一世的拿破崙呢？

二〇一六年五月二十一日，於綠島經營「阿憲民宿」的陳姓業者，在網路上炫耀其獵殺的保育魚類龍王鯛（曲紋唇魚，學名：Cheilinus undulatus，俗稱蘇眉魚、大片仔，因額頭隆起也被稱作拿破崙），事件經媒體報導，社會一片譁然、對其行為大加撻伐。網路作家「伊森」在社群網站Facebook發表〈只是又少了一隻蘇眉而已〉一文，點出龍王鯛、馬糞海膽、曼波魚等生物因為人類的口腹之慾、過度捕撈而逐漸從海洋消失，呼籲生態保育的重要性。

Puyuma 等了好久

日治（日本統治時代の台湾／にっぽんとうちじだいのたいわん）

那年，太陽旗高高掛起
武士刀（かたな）遠渡而來，劈開山林和溪流
明治天皇一聲令下
山的兩邊就築起長長的鐵路
一九〇八年西部縱貫線[1]通了，
一九一九年洄瀾港到璞石閣[2]才終於通車。
等啊等啊
株式会社[3]（かぶしきかいしゃ）已經壓榨多少甘蔗？
等啊等啊……又等到了戰爭

民國

美軍轟炸機飛走以後，首先要整理滿地的碎片
拼拼湊湊，織成一面青天白日滿地紅
國旗
那年，借了不少錢做建設[4]
經濟起飛、股票萬點、笑容淹腳目
自強號不再吃柴油，改吃電
等啊等啊……
一九九一年底，旅人可以搭乘火車繞臺灣一圈[5]
在緊鄰太平洋的小車站，等待列車交會

E世代

世界被一分為二：一個在腳下，另一個在手上
小小的發著光的金屬盒子。
低頭思念哪個故鄉呢？
那裡有沒有高鐵站，或者捷運站？
等啊等啊……Puyuma[6]等了好久
「本列車不販售無座位票，非持有本班車車票的旅客請勿上車。」
好久，還回不了家。車上坐滿觀光客
等著自拍、打卡、上傳Facebook

註1：縱貫鐵路，興建規劃始於清領末期，一八九六年日本開始統治臺灣後，重新規劃。縱貫線起於基隆，迄於高雄，是臺灣第一條鐵路，途經西部各城鎮，完工於一九〇八年四月二十日。

註2：臺灣總督府鐵道部於一九一〇年二月一日開始建設洄瀾港（今花蓮）至璞石閣（今玉里）間的鐵路，於一九一九年五月十七日完工。璞石閣以南的工程，為當時的二期建設計畫，因為需求不甚迫切，當局決定暫緩興建。而臺東（今臺東舊站）至里壠（今關山）間的鐵路，則由當時的「台東開拓會社」所建，當局將此段鐵路予以收買，改為官營，並於一九二一年續築璞石閣—里壠間鐵路。一九二六年完成總長一七一．八公里的臺東線鐵路，並於一九二六年三月二十五在璞石閣舉行全線通車典禮。

註3：日治時期臺灣有四大製糖會社，分別為「台灣製糖株式會社」、「大日本製糖株式會社」、「明治製糖株式會社」、「鹽水港製糖株式會社」。

註4：十大建設，一九七〇年代由時任行政院院長的蔣經國先生提出，推行十項大型基礎建設計劃。內容包含：大造船廠（中國造船公司高雄總廠）、大煉鋼廠（中國鋼鐵公司）、石油化學工業（中國石油公司高雄煉油總廠）、南北高速公路（中山高速公路）、西部幹線縱貫線全線鐵路電氣化、桃園中正國際機場、北迴鐵路、臺中港、蘇澳港、核能發電廠（核一廠）。建設工程自一九七四年起至一九七九年底次第完成，對臺灣經濟發展影響深遠。

註5：一九九一年十二月二十五南迴線鐵路完工營運，臺灣環島鐵路網完成。但東部幹線（含北迴線、花蓮—臺東段、南迴線）均未電氣化，且仍單線通車。

註6：普悠瑪自強號列車，為臺灣鐵路管理局二〇一二年引進之傾斜式電聯車TEMU2000型特快車，二〇一三年二月六日起投入營運。初期行駛宜蘭線與北迴線，二〇一四年七月擴展至電氣化後的臺東線，二〇一五年三月擴展至電氣化後的南迴線（行駛至知本站）。puyuma源自卑南語，原指卑南族部落大首領所在地，也有集合團結的意思。

一人寫一首詩，寄到一個臨時搭起的部落

一人寫一首詩
寄到一個臨時搭起的部落
地址欄上，沒有郵政信箱
只有一條大馬路
披著古老的名字
迎接日復一日的雨
嘗試洗去
百年來被染色的污漬

一人沒收一把獵槍，或者魚叉
狩獵「行為違法」
開發一片土地卻完全合法

或圍起海岸，僅供付錢的遊客拍照
蓋一間飯店、修築一段公路，
趕走雲豹、山羌、水鹿和石虎
待巨木倒下，獵人至死
都不再拔出腰際驕傲的刀

一人唱一首歌
一人跳一段舞
用記憶裡滿佈皺紋的母語
曲不成曲、調也不必成調
歌聲沿著雲霧
穿過一座座山與海，穿過神話
那一艘獨木舟
有人接著唱下去、唱下去……

大馬路上，一個臨時搭起的部落
部落沒有地址、沒有名字
因為我們都是
搭起部落的人
不知道什麼時候
才可以回家？

二〇一七年五月二十八日初作於臺東，聲援「凱道船來一首詩」臉書活動。

關於那棵以金城武為名的樹

我看見
我看見世界
一分三十秒
廣告，我們知道這是廣告
關於一個帥哥的旅行
他拍攝的角落，我們
也想去
鏡頭停在那片稻田
風吹過，發出沙沙的聲響
鏡頭之外的農民跟著搖擺

那麼多人
突然擁入這座小鎮

搭火車或包遊覽車
浩浩蕩蕩，彷彿進香隊伍
懷著可有可無的信仰
走進天堂
他們以帥哥的藝名為樹命名
坐下，擺出喝水的姿態
讓風也從冒汗的脖子旁溜去
抱怨天氣炎熱

樹知道自己的名字
不是樹（當然，
也不會是tree或者tshiū-á）
不是植物學字典裡的茄苳
更不可能是
那個騎腳踏車路過的帥哥的名字
樹牢牢抓住土地，慢慢長高
高過水牛和農夫

高過農夫每天吃飯睡覺養小孩的
那棟房子
高過房子旁的電線桿，樹
不曾親眼目睹
據説，電燈的光比星星刺眼
且不會一眨一眨地繞著圓圈

我看見
我看見了世界
世界沒有看見
樹

周圍越來越多人，踩進稻田裡
只為找一個攝影的角度
馬路邊「奉茶」的茶壺
再也倒不出一滴水讓人解渴
於是遺留滿地空便當盒和飲料罐
他們説，這裡是天堂

樹看向遙遠的山頭，等待
那同樣被賦予奇怪名字的
能令祂躺下的
一陣風

尼伯特後Kalarulan的小米收穫祭

巨大的颱風的腳
踩過Kalarulan的屋頂
雨水從屋頂滴下，濕了
vuvu的藤椅和勇士的刀鞘
那是百步蛇的眼淚嗎？
黑暗裡沿著雕刻紋路
滑落。風雨
從窗溝、從門縫淹進來
濕了鑲滿珠貝和刺繡的族服
那是最美麗的星座圖啊

巨大的颱風的手
整夜狂亂揮舞

揮斷許多守護Kalarulan的樹
vuvu年輕時把樹種下，他的肩膀
曾也是粗壯的枝枒
撐起部落的天空

青年會將舊穀倉重新搭起
五歲的qunuqunu，正練習著勇士舞
稚嫩地呼喊百步蛇的靈魂
婦女將泥巴掃出門
找到離家出走的皺鐵皮屋頂
尼伯特走了，部落還在
在田地裡
小米已經成熟了，來吧來唱一首lalai*
朋友們快來參加Kalarulan的小米收穫祭
小米已經成熟了，來吧來唱一首lalai
la-la-yi-yu-i-yi a-li-senai-senay-i-lja
u-lja-tjen-na-demalidu

Kalarulan卡拉魯然（新園部落）是臺東市排灣族部落，2016年7月8日受到強颱尼伯特侵襲，損失慘重；部落族人仍快速整理家園，於7月15-17日舉辦年度重要祭典「小米收穫祭」（masalud）。「vuvu」在排灣族中意指祖父母、老人家，「qunuqunu」為東排灣語「男孩」之意。「lalai」為排灣族朋友歌，多用於迎賓，歌詞為虛詞重複唱和，本詩末二行即是lalai前半段歌詞。

挖山

——記反對亞泥花蓮新城山礦區礦權展延事件

每一天起床
天空都離我更遠一點

GDP數字正在爬坡
不要慢下他的腳步
他每走一步，地上就少一點土
只是一點點，國家公園那麼一點點，
比傾斜的家、龜裂的牆
那道因爆炸而快速抽長
的小小裂縫，更深一點點

每個喧囂的雨季
泥漿汩汩
自山壁溢出

——像忍不住流淌的淚滴
我用凹陷的雙眼盛起
陪著一同啜泣

怪手一輛接著一輛
毫不客氣地穿越過叢林
挖開我的身體
先是四肢
接著是肚子
很快的，心被掏空了
接著是記憶
最後，挖走了最後一朵雲

等待一群
無家可歸的魚
浮游在空洞的海
海，在海拔之上
在白花花的鈔票之下

此去以後

——作於捷運臺大醫院站一號出口，凱道部落舊址

此去，
你不可再逗留
告示牌上寫著「穿越區」
字樣斗大

曾經每隻雲豹都需要勇氣
穿越隱形的牆
才能遠眺神聖的稜線
水源地

此去，
法律是一面恢恢的網
蓋住了祖先踏過的
每一吋土地

即使山徑上的腳印都已經消失
洪水沖下粗壯神木
在每個轉角處回頭
看一眼、再看一眼

此去，
回望故鄉。土石仍空中飛舞
百合花在異鄉含苞待放
每一朵都等了好久，好久……

相信火焰，但不相信灰燼

輯四

×

短髮女孩與長髮男孩

田野筆記

如何描寫地下側躺的枯骨
睡了千百年，終於等到了日出
骨盆長寬顯示你的性別：男
也許三十五到四十歲間
挑食、營養不良、渾身傷
曾在湖邊追逐獵物的一雙快腿
跑進相機光圈
我嘗試放大
你卻在過度曝光之前，跑開

如何描寫一片落葉
以早春的筆，寫秋末的枯黃
早啊

更早些年，我戴著迷彩賞鳥帽
躲在樹洞中與森林一同呼吸
陽光細細碎碎，從
枝枒指間
投影到素描本上，一片落葉
從少年飄到中年

如何描寫那個老兵
他也曾年輕，追求某種理想的生活
或女孩
也曾提著槍桿上戰場
讓退下的彈殼在壕溝中發芽
過了好久……
才在左胸開出繽紛的花
女孩翻出泛黃的情書、帶著煙硝味兒
回憶，卻比眼淚滑落時更安靜

如何描寫，描寫海邊的小廟
早晚三炷清香
火光熒熒，是指引漁夫們返港的燈塔
所有沒有月亮的夜
紅磚牆默默傾聽海浪訴苦
「我也是其中一朵，葬身
　冷海的幽魂
　多希望找回名字……」
名字啊
早已摻在鹹味的風裡
在小廟的鐵欄杆上，吹出一塊一塊鏽斑
彷彿天際的銀河

聖誕夜廣場上的保麗龍雪人

圓滾滾的冬衣
圓滾滾的眼
站在廣場裡
圓滾滾的身體，和白色的臉
微笑，手臂張開是兩根樹枝
戴著和我一模一樣的聖誕紅帽子

「媽媽說很冷的地方才會下雪，你會冷嗎？」
「……。」

我把圍巾送他，把手插進口袋
廣場裡我們是兩棵圓滾滾的白色聖誕樹

臥房、星空和男人的肖像
——觀文森・梵谷（Vincent Van Gogh）名畫作「臥室」（The Bedroom）

一個神情憂鬱的
男人，在牆上
與坐在椅子上的自己對望
夜空是被放大的海
浮光點點宣示
宇宙孤獨旋轉，星光無意長駐此岸
男人泅泳其中
在每一道波浪的泡沫表面觸摸世界

把畫筆都收起來吧
月光沾著顏料

透過窗簾隙縫
爬進男人空洞的心室
心室於是
有了顏色

一個神情憂鬱的
男人，窩在心室裡
與牆上的自己對望
窄小的房間裡
僅有體型龐大的虛無
兩張椅子、
一扇門（幾幅畫像是鏡子）、
一窗月光、
一床夢、
一雙銳眼永不眨閃
那片璀燦的星空之海
浪
——闃寂無聲

憂鬱年代
世界無比緩慢
椅子望向了門
門望向畫框外月光
光無比皎潔
男人以顫抖的靈魂為畫筆
沾染夜色
把自己緩緩畫回紙上

藥

慢性病診間，人手一包
五顏六色的糖果

他們的人生，都濃縮在裡面了

心臟肝臟肺臟腎臟，都是繽紛的霓虹
有人舉手問道：吃的時候，可不可以配酒？

名嘴

他朝著黑色攝影機前
無數隱形觀眾
吐了口水

唾沫垂成一絲透明的釣線
拉起一條又一條
睜眼夢遊的
魚

論人類語言與網頁程式碼的互文性
—以HTML5為例

```
<!doctype html>
<html>
<head>
	<meta charset="utf-8"/>
	<title>論人類語言與網頁程式碼的互文性</title>
	<style>
		header {text-align: center;}
		footer {text-align: right;}
	</style>
</head>
<body>
	<header>
```

```
        <h1>論人類語言與網頁程式碼的互文性</h1>
        <p>—以HTML5為例</p>
</header>
<article>
        <nav>
                你嘗試說話，<br/>
                我看不見嘴型、聽不見聲音<br/>
                你發送出微弱的斷續的電流<br/>
                我們指尖的距離，不過<br/>
                從0<br/>
                到1<br/>
        </nav>
        <div>
                <p>你也能對我，背誦出<br/>
                一段刻骨銘心的電影臺詞嗎？<br/>
                如果我們腦中同時響起<br/>
                <bgsound src='彼此最愛那首背景音樂.mp3' volume='-500'><br/>
```

於是我仔細聆聽，放棄形容
任思緒沿著線路
奔向虛擬的播音器

你也能夠清楚記得
一張側臉的輪廓嗎？
每一位
無法被複製的亞維農少女
<img src='回憶.jpg'>（檔案已損壞，無法開啟）
沒關係，我知道
遺忘也是生命的一部分

最終，你承認世上也有真理
也有
完全轉譯或不完全轉譯的
蛋白質、創世神話及口傳歷史

<embed src='讓洪水帶走一切吧.swf'></embed>
（按一下即可啟用「Adobe Flash Player」）
很抱歉，我們已不再提供支援了
<p/>
</div>
<script>
<img src='再也討不到海的老船長.png'>
<img src='把船放上網拍賣.gif'>
<img src='等待老去的自己.gif'>
<video src='有一天會變成一雲.mp4'></video>
</script>
<footer>已經是結尾了嗎？</footer>
<footer>我們都該知道，如何好好收拾自己</footer>
</article>
</body>
</html>

落子

原野
山巒
瀚海
雨林
細沙喃喃傾吐傳説時
極寒的哲學沉睡之地
一枚落子
憑空落了下來

腳下的路途永恆交錯
毛孔探尋方位
如逢霧起——就朝霧裡走去
一步是晨晝

再一步是昏夜
以濕濡的語言向世界盡頭傳教

第一枚無心留下的腳印，至今
已無法標誌星光
駐足處
神觀其不語
每當原野，山巒，瀚海，雨林，
大漠與凍土刻下生命與文明……（呼口氣）
隨即抹去。每一陣接觸皮膚的風
都曾經歷輪迴
來到這裡

輯五 × 一起去吹海風

一面之緣，多良

太麻里沒有冥頑不靈的石頭
他們點頭如搗蒜，任酒瓶睡在礫石灘上
海鳥每晚都低聲吟唱排灣古謠

而妳竟想細數
我們纏綿了幾個夜晚？
（要從何算起呢？
從我們相遇的、寧靜的小車站嗎？）

那長過圍牆的佛手柑是否真是佛手
透過綠葉與嫩鬚合掌祈求
「來世請將我化作未乾涸的雨水中
一隻蜉蝣

浮游在淺淺的水塘
深深戀上妳，穿越東海岸的晚秋」

炊煙
如雨，一寸相思一寸灰
（在心裡問道：「tima su ngadan?.*」）
我們錯身寧靜
冥頑不靈的、對望的山洞
雙唇，來不及告白
最後，最後只能透過海風

排灣語，意為：「你叫什麼名字？」

擬人

在書桌前養一株像妳的多肉植物
腦袋是砂質盆栽
妳被安心地種在裡面

綠色的風如霧假寐
偶爾，澆以透澈如露的耳語
妳沿著皺褶發芽、生根
花一般醒來——
妳是細微的花，微笑飽滿

為此，我整夜徘徊
相信了
失眠的鬼魂更易擁有既視的夢

金色黎明將至
所有植物
都是前世等待枯萎的戀人們

留下種籽，我們
化身草原上的牧羊人
催趕著以愛為名的羊
漸次跨過
時間築起的欄杆

相信火焰，但不相信灰燼

童年

小時候
母親送我一盒樂高積木
組合出一座金銀島
海盜與骷髏正高歌
一不小心，我吞下一把玩具刀
數十年之後，刀和寶藏仍躺在肚裡

鯨語

把你的臉像骨頭般
一根根拆下
把四肢拆下
內臟也掏空乾淨
讓我們深入探討
神經元連接的所有部位。你
在海中，只是零碎的音符、
曬黑的水草
總有一天，會被海浪沖上岸
但你的星球不是黑白，而是
藍色

你的語言我似懂非懂
有些嬉笑、有些
和我的聲音輕輕重疊
有些鑽入海底
遇見白化的珊瑚，和
十六世紀海盜船的屍體
你的語言是低沉的、海的回音
像是藍色的靈魂
在洋流的睡眠中，肥胖

我試圖開啟對話
把骨頭一根根拆下來
排成了鯨魚的形狀
和你一樣
憨

氣候
——關於陽明山上那場雪和臺灣

也許今年夏季特別炎熱
誰還記得？前幾年特別冷的冬季
那一場驚呼而來的雪——
笑也不是、哭也不是
遂融化成夜色
融化成泥。櫻
花提早開了，趕在下個日出之前
把四季遺忘，而
畢業紀念冊封面
有樹蛙踩過的腳印，我猜。

遠方的冰山倒了
一角，據說將淹沒
一些海岸
一些房子，和路
有人的島、有人無家可歸

建築物裡，冷氣機賣力地運轉
便利商店二十四小時營業
飢腸轆轆的夜，鯨豚集體擱淺
以為此岸
即是彼岸

清水人

風一陣陣撫摸
橫山的背
柔軟的獸之掌紋
沿著自行車道
追逐一隻夢遊的長毛貓

山腳邊，一列海線
區間電車喀噔喀噔喀噔路過
小土地公廟
香煙也跟著夢遊，只留下
一小撮紅的香腳

山的腹腔
鑿有幾段工整的腸
戰時，腸子裡住著軍人
戰後，腸子裡住著鬼
魂。不知是否
仍用流利的海口腔
熱情問候：
「汝呷飽未？」

記梧棲港海軍基地

漁船和貨輪爭相奔走
觀光市場裡，滿滿
另一個國度的貨物
遠離吵鬧的汙濁的港灣
海鷗
躲在某個轉角處

柏油路、白圍牆、鐵鏽色欄杆
數十隻海鷗偶爾沉睡
習慣了早晚三到五公尺潮差
讓海風，吹醒靜默的夢

離開臺中那個午後
依然炎熱
夕陽挾持紅雲，緊貼海面
海鷗們飛走了
影子拉得極長，巍巍一艘
孤獨的軍艦

一九七九年十一月十六日海軍海蛟大隊於高雄左營成軍，下轄六個中隊。其中，海蛟四中隊於二〇〇九年五月移駐臺中梧棲港。每隊編制有十餘艘國人自行研發建造「海鷗型飛彈快艇」，肩負捍衛海疆的重要任務。因應時代變遷，老舊艦艇陸續除役汰換，最後一批海鷗型飛彈快艇在二〇一二年六月二十八日於高雄除役，同年七月一日海蛟三、四中隊正式裁撤。

蓮花織衣

不是僧人、不是
一粒種籽

織工交錯手指
手指交錯歲月
折開蓮花的莖梗，抽出
三千大千世界的微塵

微塵們
竊竊地說話

「你費心編織
的前世，
竟是我今生
最絢麗的穿著。」

蓮花纖維布料是緬甸的傳統工藝，因產量少、全程手工紡製而彌足珍貴。「三千大千世界的微塵」一句典故出自《華嚴經》。

在浴室遇見蟋蟀之死

那一隻死去的蟋蟀被吸入排水孔中
浴室地板咕嚕咕嚕響
只剩下些許碎片
死去的翅膀、觸鬚，死去的
健壯的後腿肢
混雜我掉落的髮，死去
在浴室的排水孔周圍
安息成一座迷宮

我認得他，昨夜前夜叫聲最響的他
並沒有迷路

宿命

孤單的螳螂把自己蹲伏成一朵花
等待。一隻蝴蝶被吸引來

花太美，牠忘了自己是一隻蝴蝶
而蝴蝶太美，牠也忘了自己是一隻螳螂

無論最後誰活下來，
都是孤獨的餘生

死亡短詩（六首）

1. 蓋棺

眼睛已閉上了
平躺著，我拉了拉衣袖
空間其實不窄
醒著的時候
任由時間蓬頭垢面
此刻，卻無比重要
來不及整理的儀容
等火
來吧

2. 墓室

房間裡只有一盞
沒安裝開關的燈
每個被驚醒的夜，都是因為
記憶太明亮

3. 香灰

香環燒完最後一圈
臉不紅、氣不喘，拖著長長的足跡
在圓心處——
成佛

4. 罐頭塔

俄羅斯方塊
以橫的直的位移方式
墜落

每次填滿了底部
就消去一行名字

最終堆疊起來的
是那些不認識的人

5.香腳

不再走了。煙都已
飄到雲外
而禱詞
以閃電以雷鳴以烏雲以風雨
踽踽抄經

6.勸世論

發送傳單的阿婆
手上拿著一疊傳單
在路邊站了好久
有人將傳單拿來遮雨、有人直接丟棄

彷彿世界
事不關己

大家都在滑手機
都不看路

沙灘上，河豚的屍體躺成一朵花

心臟還跳動時
要含著多少銳利的思念
下潛
優游
才能在妳若即若離的、
波光粼粼的眼神中
緩緩吐出一顆氣泡
而不輕易被歲月發現

夏日的水溫
比妳的膚觸溫熱
比妳的淚更鹹
陽光透過海面，彷彿區隔

生
與死的世界
河豚每天作著一模一樣的夢
在潮汐裡酣睡

終於不再徘徊了
扺著一身倔強的肌肉
上岸
晚霞瘦得輝煌燦爛
褪下滿身硬刺
我的靈魂仍是那朵
只為妳綻放
最嬌媚的莖梗

後記×軍艦礁

剛從海軍飛彈快艇退役、回到學校讀研究所那段日子，我經常夢見自己還在船上。有時待在駕駛臺，有時在輪機艙（明明是如此吵鬧的環境，我仍未醒）、電瓶間，或者經過兩兩一組共四發交叉而臥的雄二飛彈發射架，來到後甲板，倚靠在唯一的T-75機砲旁，看著船尾拖曳一道白花的浪沫漸遠，水痕又快速地、被後來的波浪抹去蹤影。

大概是那些夢兆提醒了我，自己已經跟從前有所不同，軍艦帶走我身上的某些東西，我也帶走了軍艦上的。（不是指軍備品！）為了適應海上航行而被破壞殆盡的平衡感，走道上象徵戰備的紅光，靠港時，奮力撇纜那一聲喝斥。於是，對於故鄉的定義逐漸模糊，喜歡鐵路勝過飛機高鐵客運，往復南北東西的顛簸搖晃車程，終於承認自己的真摯與任性、念舊與悲憫，對於逝去的或即將逝去的一切感到無奈，卻又對於永生的事物嗤之以鼻。

日漸渴望，呼吸海的氣味和樹的氣味很多、人很少的地方；渴望成為一座隱身海圖的火山小島。

然而自己始終學不會愛的。若真理無法驗證，如何使人趨之若鶩？譬如生存的意義，譬如坦誠。即使重蹈覆徹也沒有關係嗎，信奉人生經驗可以解決任何問題，而問題卻只是選擇與代價。在某個冬季，我穿著短袖襯衫騎機車繞過東海岸，然後決定不再浪費精神過生日，許下一些可能實現的願望，例如MLB密爾瓦基釀酒人隊（Milwaukee Brewers）明年可以拿下隊史首座世界大賽冠軍！（多少年來你總是這麼希望著？）以偶發事件結繩擱置，卻只能記得抽過每個系列的棒球卡。愛人與被愛的故事，我通通交給遙不可及的流星；因流星只會燃燒，不能完成任何願望，否則墜落下來就成了傷人的隕石。

我寧相信，流星是善良的，隕石也是。

當然我也相信一些天啟般的存在，通常會在最深的深夜，現身如鬼魅。記憶中最美的星空是某次夜航任務，在月光不明、沒有烏雲遮住視野的外海，猛抬頭，一大片璀璨的銀河就在夜空中綿延展開！感官於此瞬間停滯。恆星，看似絕不背叛水手的恆星，沒有人知道那光抵達的時候，遠方的星體是否仍然熾熱？多少人也是這樣，仰賴文字光年奔馳苟活至今呢？

本集原定書名為《軍艦礁》，靈感來自退役軍艦的某種再利用方式，將軍艦除去裝備、清理乾淨，切割出更多艙室，拖到某個海域爆破沉入海底作為人工魚礁；軍艦反轉了堅強無畏的武裝外表，以另一種方式守護生命，在海底鏽蝕、最終崩解。這是多麼詩意的過程。對我而言，似乎談起海軍或棒球時，眼神比談論文學時更加爍亮；與友在快炒菜盤與酒杯之間，每每高談論闊，但我是如此不善言辭，光想到要對著一群人講話，那簡直是災難，於是書寫成為一種儀式，企圖避開要害。至於生活的足跡卻所剩不多，思考如何自處就已耗費了太多力氣。

感謝二〇一九年首屆「後山文學新人獎」評審老師們的青睞，讓我得以在三十一歲邁入三十二歲之際，在胸前多別上一枚虛榮的頭銜（但我仍較喜歡在頭頂戴上aputr花環）；感謝母校臺東大學華語文學系詩人——董恕明老師、同為海軍曾經吃風喝浪的詩人書勤哥及臺北藝術大學的浪人詩人吳懷晨老師，百忙之中代為作序，讀著不免羞愧，開口詢問時，像圍在球場牆邊喊著球星的名字索討簽名、卻又怕造成對方麻煩那般矛盾；亦感謝詩人林餘佐、蔡琳森及臺中新手書店奶爸店長鄭宇庭揪心撰文薦舉！在極為匆促卻不失縝密的出版過程，感謝秀威資訊慈蓉編輯、伊庭經理，費心協助完成我提出各式近乎胡鬧的規格，並如期出版作品。感謝新銳設計師軒凡，這是他第一次設計書封，卻美得不可思議！完整地將我腦海的想法化成圖稿，萬分欽佩。

「詩人」一詞在我是歸類為動詞，而非名詞，只有在創作當下世界凝結而真實，重讀詩作時仍可感覺到熱，感覺活著；火焰成為灰燼以後，就不再是原來的火焰了。我想說的大概都已寫在詩裡，謝謝你們讀到此。

二〇一九年十月於臺北景美

讀詩人126　PG2335

相信火焰，但不相信灰燼
——羽弦詩集

作　　者　羽　弦
責任編輯　陳慈蓉
圖文排版　周妤靜
封面設計　柳軒凡
封面完稿　王嵩賀

出版策劃　釀出版
製作發行　秀威資訊科技股份有限公司
114 台北市內湖區瑞光路76巷65號1樓
電話：+886-2-2796-3638　傳真：+886-2-2796-1377
服務信箱：service@showwe.com.tw
http://www.showwe.com.tw
郵政劃撥　19563868　戶名：秀威資訊科技股份有限公司
展售門市　國家書店【松江門市】
104 台北市中山區松江路209號1樓
電話：+886-2-2518-0207　傳真：+886-2-2518-0778
網路訂購　秀威網路書店：https://store.showwe.tw
國家網路書店：https://www.govbooks.com.tw
法律顧問　毛國樑　律師
總 經 銷　聯合發行股份有限公司
231新北市新店區寶橋路235巷6弄6號4F
電話：+886-2-2917-8022　傳真：+886-2-2915-6275

出版日期　2019年11月　BOD一版
定　　價　300元

國立臺東生活美學館2019後山文學年度新人獎

版權所有・翻印必究（本書如有缺頁、破損或裝訂錯誤，請寄回更換）
Copyright © 2019 by Showwe Information Co., Ltd.
All Rights Reserved

Printed in Taiwan

國家圖書館出版品預行編目

相信火焰,但不相信灰燼：羽弦詩集 / 羽弦著. -- 一版.
-- 臺北市 : 釀出版, 2019.11
面 ;　公分. -- (讀詩人 ; 126)
BOD版
ISBN 978-986-445-357-3(平裝)

863.51　　108015971

讀者回函卡

感謝您購買本書，為提升服務品質，請填妥以下資料，將讀者回函卡直接寄回或傳真本公司，收到您的寶貴意見後，我們會收藏記錄及檢討，謝謝！
如您需要了解本公司最新出版書目、購書優惠或企劃活動，歡迎您上網查詢或下載相關資料：http:// www.showwe.com.tw

您購買的書名：____________________

出生日期：________年________月________日

學歷：□高中（含）以下　□大專　□研究所（含）以上

職業：□製造業　□金融業　□資訊業　□軍警　□傳播業　□自由業
　　　□服務業　□公務員　□教職　□學生　□家管　□其它_____

購書地點：□網路書店　□實體書店　□書展　□郵購　□贈閱　□其他

您從何得知本書的消息？

□網路書店　□實體書店　□網路搜尋　□電子報　□書訊　□雜誌
□傳播媒體　□親友推薦　□網站推薦　□部落格　□其他__________

您對本書的評價：（請填代號　1.非常滿意　2.滿意　3.尚可　4.再改進）

封面設計____　版面編排____　內容____　文／譯筆____　價格____

讀完書後您覺得：

□很有收穫　□有收穫　□收穫不多　□沒收穫

對我們的建議：____________________

____

____

____

請貼
郵票

11466
台北市內湖區瑞光路 76 巷 65 號 1 樓
秀威資訊科技股份有限公司 收
BOD 數位出版事業部

....

（請沿線對折寄回，謝謝！）

姓　　名：__________________ 年齡：________ 性別：□女　□男

郵遞區號：□□□□□

地　　址：____________________________________

聯絡電話：(日) __________________ (夜) __________________

E-mail：____________________________________